I0538788

Νασρεδδὶν

Χότζας·

Μῦθοι

by John Foulk

Νασρεδδὶν Χότζας· Μῦθοι
Copyright © 2021 John Foulk

All rights reserved

ISBN 978-1-7351937-4-8

τοῖς μαθηταῖς με "Hocam" εἶναι ὀνομάσασι

Προοίμιον

This book is special to me because it reflects many of my own interests and experiences. Although I did not learn about Nasreddin Hoca until a few years ago, I did so as a result of my interest and experiences in Turkey. Turkey was the first country that I visited outside of the United States. Later, my first teaching job was in Diyarbakır. I am delighted to share some of the most famous pieces of Turkish folklore in Ancient Greek.

Νασρεδδὶν Χότζας: Μῦθοι consists of thirty fables and an introduction. The book contains 2,095 total words and 629 unique forms from 269 lemmata (excluding proper nouns). Elided forms (e.g. δ') and forms with movable consonants (e.g. οὐκ, οὕτως, ἐστίν) are counted as different forms from their regular form. Verbs that use forms from other verbs in certain tenses (e.g. ἔρχομαι/εἶμι, λέγω/εἶπον, ὠνέομαι/πρίαμαι) are counted as single lemmata. I use inclusive counting to measure time (e.g. Hoca speaks in the mosque on Friday and returns the following Friday, which is thereby eight, not seven, days later). This book is intended for readers in the second year of Ancient Greek or higher. Rare words or words with special uses are glossed and do not appear in the Λέξεις unless they either appear again unglossed or appear in a different form. High-frequency words are not glossed. For the purposes of this book, high-frequency words are defined as those that appear either in the *Dickinson College Commentaries Core Vocabulary* or within the top 1,000 words in Logeion's frequency rankings. Numbers and words used repeatedly in the fables (e.g. ὄνος, καπηλεῖον) are not always glossed either.

The book is loosely arranged by topic. The first set of fables features Nasreddin Hoca's famous animal, the donkey. The second set consists of irreverent conversations between Nasreddin Hoca and his friends. The third set consists of fables featuring silly situations with Nasreddin and his wives. The fourth and final set features stories that showcase Nasreddin Hoca's peculiar wisdom in encounters with various individuals.

Ultimately, my goal for this book is to offer flexibility to both teachers and students. Students may choose to read one, two, ten, or all thirty stories. Teachers may use the book as an entire unit or they may use a fable here and there to provide students with short, compelling readings written in Ancient Greek from a tradition that is neither Hellenic nor ancient. Regardless of how you use this book, I hope that it will make you laugh and make you want to learn more about the communities who have also belonged to the lands that were once part of the classical Greek world. This book is but a small sample of the Nasreddin Hoca corpus, so I encourage you to read the many fables not included here.

I owe much thanks to Seumas Macdonald for proofreading the Greek version and to Robert Amstutz and Andrew Morehouse for proofreading the Latin version. Any remaining errors are all my own.

John Foulk

Who was Nasreddin Hoca Efendi?

Nasreddin Hoca Efendi is said to have been an imam or a qadi (Turkish: kadı, a judge of Sharia law) who lived in the Seljuk Empire in and around what is today Akşehir, Turkey. Many stories have been written about Nasreddin Hoca. In these famous beloved stories, he teaches life lessons (or not) with wisdom, humor, and wit. These stories are popular today not only in Turkey, but also in countries ranging from Eastern Europe to Northern Africa through Central Asia.

Τίς ἦν ὁ Νασρεδδὶν Χότζας Ἀφέντης;

Λέγουσιν ὡς Νασρεδδὶν Χότζας[1] Ἀφέντης[2] (Τουρκιστί: Nasreddin Hoca Efendi) ἦν ἰμάμης[3] (τοῦτ' ἔστιν ἡγέμων θεραπείας μουσουλμανικὸς[4]) ἢ καδῆς[5] (τοῦτ ἔστι δικαστὴς μουσουλμανικοῦ νόμου) ἐν τῇ Σελτζούκων ἀρχῇ[6], περὶ οὗ γεγραμμένοι εἰσὶ πολλοὶ μῦθοι, οἳ ἀναγιγνώσκονται ἔν τε Τουρκίᾳ καὶ ἄλλαις

---

[1] **Χότζας** comes from the Turkish word *hoca* (ho-jah), meaning 'teacher.'
[2] **Ἀφέντης** comes from the Turkish word *efendi*, meaning 'sir,' from the Greek word αὐθέντης.
[3] **ἰμάμης** - imam
[4] **ἡγέμων θεραπείας μουσουλμανικός** - Muslim leader of worship
[5] **καδῆς** - qadi (Turkish *kadı*)
[6] **τῇ Σελτζούκων ἀρχῇ** - in the empire of the Seljuks *(the medieval Turkic dynasty)*

χώραις, ἐκεῖνος γὰρ σοφίας τε καὶ ἀπάτης δόξαν ἔχων ποιεῖ γέλωτα[7].

---

[7] **γέλωτα** - laughter

Μῦθοι περὶ Νασρεδδὶν Χότζα καὶ ὄνου

Μῦθοι περὶ Νασρεδδὶν Χότζα καὶ φίλων

Μῦθοι περὶ Νασρεδδὶν Χότζα καὶ γυναικῶν

ις'. Χότζας περὶ κλέπτου — 37

ιζ'. Χότζας ἐπὶ βόος καθέζομενος — 38

ιη'. Χότζας καὶ δύο γυναῖκες — 40

ιθ'. Χότζας οὐ λέγων οὐδέν — 41

κ'. Χότζας τεθνεώς — 43

Μῦθοι περὶ σοφίας τοῦ Νασρεδδὶν Χότζα

κα'. Χότζας λέγων ἐν τεμένει — 47

κβ'. Χότζας ἀγγεῖον χρησάμενος — 50

κγ'. Χότζας λαμβάνων ἄλευρα — 52

κδ'. Χότζας ὀσμὴν πριάμενος — 54

κε'. Χότζας σελήνην σῴζων — 57

κς'. Χότζας καὶ ποταμός — 58

κζ'. Χότζας περὶ οἴκου τοῦ Ἀλλάχ — 59

κη'. Χότζας ᾠὰ ἐσθίων — 60

κθ'. Χότζας ἐξαπατῶν — 61

λ'. Χότζας καὶ φιλόσοφος — 63

5

Μῦθοι περὶ Νασρεδδὶν Χότζα καὶ ὄνου

α'. Χότζας οὕτως καθήμενος

Χότζας μέν ποτε ἐπὶ ὄνου ὠχεῖτο[8] ἐπὶ τέμενος[9], φίλοι δέ τινες ὄπισθεν ἐβάδιζον[10].

καθήμενος δὲ ἀντίος[11] αὐτοῖς ἐρωτηθείς· "διὰ τί δὴ ἀντίος γ' ἡμῖν καθήμενος ὀχῆ;" ἔφη, "ὅτι, εἰ μὲν μὴ καθήμενος ἀντίος ὑμῖν ὠχούμην, οὐκ ἂν ἔβλεπον εἰς ὑμᾶς. εἰ δ' ὑμεῖς ἔμπροσθεν ἐβαδίζετε, οὐκ ἂν ἐβλέπετε εἰς ἐμέ. ἀμφοτέρως δ' οὐκ ἂν ἐβλέπομεν εἰς

---

[8] **ἐπὶ ὄνου ὠχεῖτο** - was riding on a donkey
[9] **τέμενος** - mosque
[10] **ὄπισθεν ἐβάδιζον** - were walking behind
[11] **ἀντίος** - facing

7

ἀλλήλους. ἀντίος οὖν ὑμῖν καθήμενος ἐπ'

ὄνου ὀχοῦμαι."

β'. Χότζας ἀποδιδόμενος σικύους

Χότζας ποτὲ ἀποδίδοσθαι σικύους ὀξωτοὺς[12] βουλόμενος ἐπρίατο[13] ὄνον, οὐκ εἰδὼς ὅτι οὗτος ἤδη ᾔδει σικύους ἀποδίδοσθαι. ἐπεὶ δὲ οἶκον ὠνητοῦ[14] παρίοιεν[15], ἐφθέγγετο[16] δὴ ὁ ὄνος. καὶ ἐπεὶ ὁ Χότζας ὠνητὰς[17] καλοῖ, ἐφθέγγετο δὴ ὁ ὄνος.

ὁ δὲ Χότζας πρὸς αὐτὸν εἶπε· "σίγα[18] δή! ἀποδίδοσθαι γὰρ βούλομαι."

---

[12] **σικύους ὀξωτούς** - pickles
[13] **ἐπρίατο** - bought
[14] **ὠνητοῦ** - of a customer
[15] **παρίοιεν** - passed by
[16] **ἐφθέγγετο** - made noise
[17] **ὠνητάς** - customers
[18] **σίγα** - shut up!

9

ἀποδωσόμενοι δὲ ὁ Χότζας καὶ ὁ ὄνος ἦλθον εἰς ἀγοράν. ἐπεὶ δὲ ἐκεῖνος ἐκάλεσεν ὠνητάς, ἐφθέγξατο δὴ οὗτος.

"πότερος δὴ ἡμῶν ἀποδιδῶται;" ἔφη ὁ Χότζας, "σὺ ἢ ἐγώ;"

γ'. Χότζας καὶ υἱός

παριόντες[19] ποτέ τινες περὶ τοῦ τε Χότζα βαδίζοντος[20] καὶ υἱοῦ ἐπὶ ὄνου ὀχουμένου[21] εἶπον τάδε· "φεῦ[22] τοῦ πατρός· βαδίζει μὲν ὁ πατήρ, ὀχεῖται δ' ἐπ' ὄνου ὁ υἱός."

ὁ δὲ Χότζας, "κατάβηθι δὴ ἀπὸ τοῦ ὄνου," ἔφη πρὸς τὸν υἱόν, "ἐγὼ γὰρ ἐπιβήσομαι[23] ἐπ' αὐτόν."

---

[19] **παριόντες** - passersby
[20] **βαδίζοντος** - walking
[21] **ἐπὶ ὄνου ὀχουμένου** - riding on a donkey
[22] **φεῦ τοῦ πατρός** - the poor father!
[23] **ἐπιβήσομαι** - I will get up on

ἄλλοι δὲ παριόντες, "φεῦ τοῦ υἱοῦ," ἔφασαν, "βαδίζει μὲν ὁ υἱός, ὀχεῖται δ' ἐπ' ὄνου ὁ πατήρ."

ὁ δὲ Χότζας, "ἐπίβηθι δὴ ἐπὶ τὸν ὄνον," ἔφη πρὸς τὸν υἱόν, "σὺ γὰρ μετ' ἐμοῦ καθήσῃ ἐπὶ τοῦ ὄνου."

ἄλλοι δὲ παριόντες, "φεῦ τοῦ ὄνου," ἔφασαν, "δύο δὴ ἐπιβάται[24] ὀχοῦνται ἐπ' αὐτοῦ."

ὁ δὲ Χότζας, "καταβῶμεν δή," ἔφη πρὸς τὸν υἱόν, "βαδίζωμεν γὰρ ὄπισθε[25] τοῦ ὄνου."

---

[24] **ἐπιβάται** - riders
[25] **ὄπισθε** - (from) behind

ἄλλοι δὲ παριόντες, "ὦ μῶροι," ἔφασαν, "ἔτι βαδίζετε ὄνον ἔχοντες."

ὁ δὲ Χότζας, "ὦ παῖ," ἔφη, "ὅ τι ποιεῖς οὐκ ἀεὶ δοκιμάζεται[26]. ποίει οὖν ὅ τι δὴ βούλει."

---

[26] **δοκιμάζεται** - gets approval

δ'. Χότζας πάντας ἀριθμῶν[27] τοὺς ὄνους

Χότζας ποτὲ ἦγεν ἐπὶ μυλῶνα[28] δέκα ὄνους - ἐννεά τε γειτόνων ἄγων καὶ ἐπὶ τοῦ ἑαυτοῦ ὄνου ὀχούμενος[29]. χαλεπὸν δὲ αὐτῷ πάντας ἄγειν τοὺς ὄνους. ἠρίθμησεν οὖν αὐτούς.

"ἕνα ὄνον ὁρῶ," ἔφη, "δύο, τρεῖς, τέτταρες, πέντε, ἕξ, ἑπτά, ὀκτώ, ἕννεα, ἕννεα δή. ἕννεα δὴ ὄνους ὁρῶ. ποῦ δὴ ὅ γ' ἐμός;"

καταβὰς δὲ πάλιν ἠρίθμησεν.

---

[27] **ἀριθμῶν** - counting
[28] **μυλῶνα** - mill
[29] **ἐπὶ τοῦ ἑαυτοῦ ὄνου ὀχούμενος** - riding on his own donkey

14

"ἕνα ὄνον ὁρῶ," ἔφη, "δύο, τρεῖς, τέτταρες, πέντε, ἕξ, ἑπτά, ὀκτώ, ἐννέα, δέκα δή. πάντας δὴ τοὺς ὄνους ὁρῶ."

ἐπιβὰς[30] οὖν ἐπὶ τὸν ἑαυτοῦ, πάντας ἦγε τοὺς ὄνους. χαλεπὸν δὲ αὐτῷ πάντας ἄγειν τοὺς ὄνους. ἠρίθμησεν οὖν αὐτούς.

"ἕνα ὄνον ὁρῶ," ἔφη, "δύο, τρεῖς, τέτταρες, πέντε, ἕξ, ἑπτά, ὀκτώ, ἐννέα, ἐννέα δή. ἐννέα δὴ ὄνους ὁρῶ. ποῦ δὴ ὅ γ' ἐμός;"

καταβὰς δὲ πάλιν ἠρίθμησεν.

---

[30] **ἐπιβάς** - having gotten up on

15

"ἕνα ὄνον ὁρῶ," ἔφη, "δύο, τρεῖς, τέτταρες, πέντε, ἕξ, ἑπτά, ὀκτώ, ἔννεα, δέκα δή. πάντας δὴ τοὺς ὄνους ὁρῶ."

ἀλλ' οὐκ ἐπέβη ἐπὶ ὄνον ὁ Χότζας.

"βαδίζειν[31] βούλομαι μᾶλλον ἢ καθῆσθαι ἐπ' ὄνου," ἔφη, "ἐπειδὰν γὰρ καθῶμαι, εἷς δὴ ὄνος ἄπεστιν."

---

[31] **βαδίζειν** - to walk

ε΄. Χότζας ὄνον ἀναγιγνώσκειν διδάσκων

Χότζας ποτὲ δόξαν σοφίας ἔχων εἶπε πρὸς Ταμερλάνον τὸν βασιλέα· "δεινός τοί ἐστιν ὁ ἐμὸς ὄνος. καὶ οὕτω δεινός ἐστιν ὥστε διδαχθῆναι ἀναγιγνώσκειν δύναται."

ὁ δὲ εἶπε· "δίδαξον δὴ ἀναγιγνώσκειν τὸν ὄνον."

ὁ οὖν Χότζας ἐδίδασκε τὸν ὄνον γλώττῃ ἀναγιγνώσκειν τροφὴν[32] θεὶς ἐν

---

[32] **τροφήν** - feed (i.e. donkey food)

17

μέσῳ σελίδων[33]. ἤσθιεν οὖν ὁ ὄνος ἀνελίττων βιβλίον[34].

ἐπεὶ δὲ ὁ Χότζας καὶ ὁ ὄνος προσῆλθον τῷ Ταμερλάνῳ, "ἆρα δύναται," ἔφη ὁ Ταμερλάνος, "ὁ ὄνος ἀναγιγνώσκειν;"

ὁ δὲ εἶπεν· "ἀναγιγνώσκειν γε δύναται."

τῇ δὲ γλώττῃ ἀνελίττων βιβλίον ἀνέγνω ὁ ὄνος τοῦ Χότζα.

---

[33] **ἐν μέσῳ σελίδων** - in between the pages
[34] **ἀνελίττων βιβλίον** - (while) unrolling a book (i.e. turning the pages)

18

"ὡς δεινός," ἔφη ὁ Ταμερλάνος,
"οὗτος ὁ τρόπος ἀναγνώσεως[35]."

"οὕτω τοῖς γ᾽ ὄνοις," ἔφη ὁ Χότζας, "ὁ τρόπος ἀναγνώσεως."

---

[35] **ἀναγνώσεως** - of reading

ς'. Χότζας καὶ γείτονες[36]

κλέπτου[37] ποτὲ ὄνον τοῦ Χότζα

λαβόντος, γείτονες εἶπον τάδε·

"διὰ τί δὴ οὐκ ἐποίησας οὐδέν;"

"ἆρ' οὐκ ἤκουσας οὐδέν;"

"εἰ γὰρ ἔσωσας τὸν ὄνον!"

"ὦ μῶρε μῶρε!"

---

[36] **γείτονες** - neighbors
[37] **κλέπτου** - thief

ταῦτα ἀκούσας ὁ Χότζας ἔφη, "διὰ τί δὴ ἐμοί γε λέγετε ταῦτα; ἆρ' ἀναίτιόν[38] γ' εἶναι νομίζετε τὸν κλέπτην;"

[38] **ἀναίτιόν** - innocent

Μῦθοι περὶ Νασρεδδὶν Χότζα καὶ φίλων

ζ'. Χότζας μέλανα ἱμάτια φορῶν[39]

Χότζας ποτὲ φορῶν μέλανα ἱμάτια ἐρωτηθείς· "ὦ Χότζα Ἀφέντη, διὰ τί μέλανά γε φορεῖς ἱμάτια; τίς δὴ τέθνηκεν;" ἔφη, "τέθνηκεν ὁ πατὴρ τοῦ ἐμοῦ παιδός."

---

[39] **μέλανα ἱμάτια φορῶν** - wearing black clothes

23

η′. Χότζας περὶ σελήνης καὶ ἄστρων[40]

νυκτός ποτε Χότζας βλέπων εἰς τὴν νέαν σελήνην ἐρωτηθείς· "τί γέγονασιν αἱ πρότεραι σελήναι;" ἔφη, "κατατετμημέναι[41] τοί εἰσιν ἄστρα."

---

[40] **ἄστρων** - stars
[41] **κατατετμημέναι εἰσίν** - they have been cut up into

θ'. Χότζας περὶ μιναρέδων[42]

Χότζας ποτὲ εἰσελθὼν εἰς Ἰκόνιον καὶ ὑπό τινος φίλου θαυμάζοντος ἐρωτηθείς· "πῶς δὴ οἰκοδομήθησαν[43] οἱ μιναρέδες τοσοῦτοι τὸ μέγεθος;" ἔφη γελῶν[44], "φρέατά[45] τοι βαθύτατα[46] δὴ ἐξέστραπται[47]."

---

[42] **μιναρέδων** - minarets
[43] **οἰκοδομήθησαν** - were built
[44] **γελῶν** - laughing
[45] **φρέατα** - wells
[46] **βαθύτατα** - very deep
[47] **ἐξέστραπται** - have been turned inside out

ι'. Χότζας περὶ πορδῆς[48] φίλου

Χότζας ποτέ τινι φίλῳ ἀποπαρδόντι[49] τε καὶ κρυψαμένῳ ψόφῳ ὑποδήματος[50] εἶπεν· "εὖ γε κέκρυπται ὁ μὲν ψόφος τῆς πορδῆς[51], ἡ δ' ὀσμὴ[52] οὔ."

---

[48] **πορδῆς** - a fart
[49] **ἀποπαρδόντι** - having farted
[50] **κρυψαμένῳ ψόφῳ ὑποδήματος** - having covered it up with the sound of his shoe
[51] **κέκρυπται ὁ ψόφος τῆς πορδῆς** - the sound of the fart has been covered up
[52] **ἡ ὀσμή** - the smell

ια΄. Χότζας περὶ ἡλίου καὶ σελήνης

Χότζας ποτὲ ἐν καπηλείῳ[53] διαλεγόμενος φίλοις εἶπε· "πότερον χρησιμώτερόν ἐστιν — ὁ ἥλιος ἢ ἡ σελήνη;"

"ὦ μῶρε," ἔφη τις, "ὁ ἥλιος χρησιμώτερός ἐστιν."

"ἡ δὲ σελήνη," ἔφη ὁ Χότζας, "χρησιμωτέρα ἐστίν."

"ὦ μῶρε," ἔφη τις, "ἡ σελήνη χρησιμωτέρα οὐκ ἔστιν."

---

[53] **καπηλείῳ** - coffeehouse

27

"ἡ δὲ σελήνη χρησιμωτέρα ἐστίν,"

ἔφη ὁ Χότζας, "νυκτὸς γὰρ τό τοι φῶς

χρησιμώτερόν ἐστιν."

ιβ΄. Χότζας περὶ ἰχθύων[54]

Χότζας ποτὲ ἐν καπηλείῳ διαλεγόμενος φίλοις εἶπεν· "οἱ ἰχθύες δεινοί εἰσιν. πᾶσιν γὰρ τῶν ἀνθρώπων διαφέρουσιν."

"ὦ μῶρε," ἔφη τις, "οἱ ἰχθύες οὐ διαφέρουσι πρὸς τὸ λέγειν[55] τῶν ἀνθρώπων. λέγειν γὰρ οὐ δύνανται."

"ἀλλ᾽ οὐδὲ σὺ δύνασαι," ἔφη ὁ Χότζας, "ὕφυδρος[56] ὢν λέγειν."

---

[54] ἰχθύων - fish
[55] πρὸς τὸ λέγειν - when it comes to speaking
[56] ὕφυδρος - underwater

29

ιγ'. Χότζας γελάσας[57]

φίλου ποτέ τινος ἐν καπηλείῳ παίζοντος εἰπόντος[58], οὐδεὶς ἐγέλασε εἰ μὴ Χότζας μόνος.

ἐρωτηθεὶς δὲ ὑπό τινος φίλου ἄλλου, "διὰ τί ἐγέλασας; ὅπερ γὰρ παίζων εἶπεν οὐκ ἐποίησε γέλωτα[59]," ἔφη, "ὅτι, ἐάν τις παίζων εἴπῃ, ἀεὶ δὴ δεῖ γελᾶν. ἐὰν γὰρ μὴ γελᾷς, ἴσως δὴ ὅπερ παίζων εἶπεν ἤδη καὶ πρότερον ἐρεῖ πάλιν."

---

[57] **γελάσας** - having laughed
[58] **παίζοντος εἰπόντος** - having told a joke
[59] **γέλωτα** - laughter

30

ιδ'. Χότζας καὶ δακτύλιος[60]

τῷ Χότζα ποτέ τις φίλος
μεταχωρήσων[61] εἶπε· "ἔρρωσο[62], ὦ
Νασρεδδὶν Χότζα. δὸς δή μοι τὸν δακτύλιον
ᾧ μεμνήσομαι βλέπων εἰς τὸν δάκτυλον[63]
ὅτι σύ μοι ἔδωκας αὐτόν."

"οὐκ δώσω γέ σοι τὸν δακτύλιον,"
ἔφη ὁ Χότζας, "μεμνήσῃ γὰρ βλέπων εἰς
τὸν δάκτυλον ὅτι ἔγωγέ[64] σοι οὐκ ἔδωκα
οὐδέν."

---

[60] **δακτύλιος** - ring
[61] **μεταχωρήσων** - about to move away
[62] **ἔρρωσο** - goodbye
[63] **δάκτυλον** - finger
[64] **ἔγωγε** = ἐγώ + γε

Μῦθοι περὶ Νασρεδδὶν Χότζα

καὶ γυναικῶν

ιε'. Χότζας ὀρθῶς λέγων

τοῦ Χότζα δικαστοῦ ὄντος, γείτων[65] ποτὲ ἐλθὼν, "γείτων τις," ἔφη, "κακῶς ἐποίησέ με."

ἀκούσας δὲ ὁ Χότζας πρὸς αὐτὸν εἶπεν· "ὀρθῶς γε λέγεις."

ὁ δὲ ἕτερος γείτων ἐλθὼν, "γείτων τις," ἔφη, "κακῶς ἐποίησέ με."

ἀκούσας δὲ ὁ Χότζας πρὸς αὐτὸν εἶπεν· "ὀρθῶς γε λέγεις."

---

[65] **γείτων** - neighbor

ταῦτα δὲ ἀκούσασα γυνὴ τοῦ Χότζα εἶπεν· "οὐκ ἔστιν ὅπως ἀμφότεροι ὀρθῶς εἶπον."

ὁ δὲ εἶπεν, "ὀρθῶς γε λέγεις."

ις′. Χότζας περὶ κλέπτου[66]

κλέπτου ποτὲ εἰσελθόντος, "ὦ Νασρεδδίν," ἔφη γυνὴ τοῦ Χότζα, "κλέπτης γ᾽ εἰσῆλθεν!"

"εὕροι τι," ἔφη ὁ Χότζας, "ὃ παρ᾽ αὐτοῦ λήψομαι."

---

[66] **κλέπτου** - thief

ιζ'. Χότζας ἐπὶ βόος καθέζομενος[67]

Χότζας ποτὲ ἐβούλετο μὲν ἐπὶ μέσοιν τοῖν κεράτοιν[68] τοῦ βόος καθέζεσθαι, ἐφοβεῖτο δέ. ἰδὼν δὲ τὸν βοῦν καθεύδοντα[69] μὲν ἐκαθέζετο ἐπὶ μέσοιν τοῖν κεράτοιν, πεφοβημένος δὲ ὁ βοῦς ἔβλαψεν αὐτόν.

γυνὴ δὲ τοῦ Χότζα ἰδοῦσα αὐτόν, "φεῦ σοῦ[70], ὦ Νασρεδδὶν Χότζα," ἔφη, "ὃς τέθνηκας."

---

[67] **καθέζομενος** - having sat down
[68] **ἐπὶ μέσοιν τοῖν κεράτοιν** - in between the horns
[69] **καθεύδοντα** - sleeping
[70] **φεῦ σοῦ** - poor you!

36

"βέβλαμμαι μέν," ἔφη ὁ Χότζας, "ἀλλ'
ὅπερ δὴ ἐβουλόμην ποιῆσαι ἐποίησα."

ιη'. Χότζας καὶ δύο γυναῖκες

τῷ Χότζα δύο γυναῖκας ἔχοντι ἡ ἑτέρα εἶπε· "ποτέραν ἡμῶν μᾶλλον φιλεῖς;"

ὁ δὲ εἶπεν· "ἴσως γε φιλῶ σφώ."

ἡ δὲ εἶπεν· "εἰ οὖν ἀμφότεραι ἡμεῖς ἐκ νηὸς ἀποπέσοιμεν[71], ποτέραν δὴ ἂν προτέραν σώσαις;"

ὁ δὲ εἶπεν· "ἆρ' οὐ σὺ δύνασαι νεῖν[72];"

---

[71] **ἀποπέσοιμεν** - were to fall overboard
[72] **νεῖν** - to swim

ιθ'. Χότζας οὐ λέγων οὐδέν

Χότζας ποτὲ δοῦναι τῷ ὄνῳ τροφὴν[73]
οὐ βουλόμενος εἶπε πρὸς τὴν γυναῖκα·
"δὸς δὴ τροφὴν τῷ ὄνῳ."

ἡ δὲ εἶπεν· "ἀλλ' οὐ βούλομαι."

ὁ δὲ εἶπεν· "ἐὰν μὲν ἔγωγε πρότερος
εἴπω τι, δώσω τῷ ὄνῳ τροφήν. ἐὰν δὲ σύ γε
προτέρα εἴπῃς τι, δώσεις αὐτῷ τροφήν."

ἀπούσης δὲ αὐτῆς, κλέπτης[74]
εἰσελθὼν ἔλαβε πάντα, ἐπεὶ οὐδὲν εἶπεν ὁ
Χότζας.

---

[73] **τροφήν** - feed (i.e. donkey food)
[74] **κλέπτης** - thief

ἐλθοῦσα δὲ οἴκαδε[75] ἡ γυνή εἶπεν·
"Ἀλλὰχ Ἀλλάχ! ποῦ δὴ πάντα τὰ ἡμέτερά
ἐστιν;"

γελῶν[76] δὲ ὁ Χότζας εἶπε· "σὲ δὴ δεῖ
δοῦναι τροφήν τῷ ὄνῳ."

κ'. Χότζας τεθνεώς

Χότζας ποτὲ χειμῶνος τέμνων ξύλα ἐν ὕλῃ εἶπε· "ῥιγῶ^{77} δή. τέθνηκα οὖν."

ὥσπερ οὖν τεθνεώς κατακείμενος^{78} εἶπεν· "ἐξενεχθῆναι^{79} δεῖ."

ἐπανελθών^{80} δὲ οἴκαδε^{81} εἶπε πρὸς τὴν γυναῖκα· "ἀπέθανον ἐν ὕλῃ. κέλευσον δὴ οὖν τοὺς φίλους με ἐξενεγκεῖν."

κατέκειτο οὖν ὥσπερ τεθνεὼς ἐπανελθὼν εἰς τὴν ὕλην.

---

^{77} **ῥιγῶ** - I feel cold
^{78} **κατακείμενος** - lying down
^{79} **ἐξενεχθῆναι** - to be carried out (i.e. for burial)
^{80} **ἐπανελθών** - having gone back
^{81} **οἴκαδε** - home

41

εἰς δὲ καπηλεῖον[82] ἐλθοῦσα ἡ γυνὴ τοῦ Χότζα, "τέθνηκεν," ἔφη, "ὁ Νασρεδδὶν Χότζας ἐν ὕλῃ."

"πῶς οἶσθα;" ἔφασαν οἱ φίλοι.

"ὅτι ταῦτα," ἔφη, "αὐτός μοι εἶπεν οἴκαδε ἐπανελθών."

---

[82] **καπηλεῖον** - coffeehouse

Μῦθοι περὶ σοφίας τοῦ Νασρεδδὶν Χότζα

κα'. Χότζας λέγων ἐν τεμένει[83]

ἡμέρᾳ Τζουμά[84] (τοῦτ' ἔστιν ἡμέρᾳ συλλογῆς[85]), Χότζας ἐλθὼν εἰς τέμενος καὶ ἐπιβὰς ἐπὶ βῆμα[86], "ἆρ' ἴστε," ἔφη, "ἃ ἐρῶ τήμερον[87];"

"οὐκ ἴσμεν," ἔφασαν οἱ ἀκούοντες.

"εἰ μὴ ἴστε, οὐκ ἐστὲ ἄξιοι ἃ ἐρῶ τήμερον ἀκοῦσαι!" εἰπὼν ὁ Χότζας ἀπῆλθεν.

---

[83] **τεμένει** - mosque
[84] **Τζουμά** - Jumu'ah (Turkish: *Cuma* 'joo-mah'), the name for Friday in the Islamic calendar, the day when Muslims gather for congregational prayer
[85] **ἡμέρᾳ συλλογῆς** - on the day of gathering
[86] **βῆμα** - pulpit
[87] **τήμερον** - today

ὀκτὼ δὲ ἡμέραις ὕστερον ἐπιβὰς ἐπὶ τὸ βῆμα, "ἆρ' ἴστε," ἔφη ὁ Χότζας, "ἃ ἐρῶ τήμερον;"

οἱ δὲ ἀκούοντες ἔφασαν, "εὖ ἴσμεν."

"εἰ εὖ ἴστε γε, οὐ δεῖ με εἰπεῖν." εἰπὼν ἀπῆλθεν.

εἶπε δέ τις· "εἰ ὁ Χότζας πάλιν ἐρεῖ, 'ἆρ' ἴστε ἃ ἐρῶ τήμερον;', ἄλλοι μὲν εἴπωμεν, 'εὖ ἴσμεν,' ἄλλοι δέ, 'οὐκ ἴσμεν.'"

ὀκτὼ δὲ ἡμέραις ὕστερον ἐπιβὰς ἐπὶ τὸ βῆμα, "ἆρ' ἴστε," ἔφη ὁ Χότζας, "ἃ ἐρῶ τήμερον;"

καὶ οἱ μὲν ἀκούοντες, "εὖ ἴσμεν," ἔφασαν, οἱ δέ, "οὐκ ἴσμεν," ἔφασαν.

"γνωριζόντων δὴ οὖν ἃ ἐρῶ τήμερον οἱ εἰδότες τοῖς οὐκ εἰδόσιν," εἰπὼν ὁ Χότζας ἀπῆλθεν.

κβ΄. Χότζας ἀγγεῖον[88] χρησάμενος[89]

Χότζας ποτὲ ἐχρήσατο παρά τινος γείτονος[90] ἀγγεῖον, εἰς ὃ ἄλλο ἀγγεῖον ἔθηκεν.

τοῦ δὲ ἀγγείου ἀποδοθέντος, ὁ γείτων τὸ ἕτερον ἰδὼν, "τί δή ἐστιν;" ἔφη.

"ἔτεκέ τοι," ἔφη ὁ Χότζας.

πάλιν δὲ χρησάμενος τὸ ἀγγεῖον ὁ Χότζας οὐκ ἀπέδωκεν. ἓξ δὲ ἡμέραις ὕστερον, ὁ γείτων ἦλθεν εἰς τοῦ Χότζα.

---

[88] **ἀγγεῖον** - cooking pot
[89] **χρησάμενος** - having borrowed
[90] **γείτονος** - neighbor

48

"τί βούλει;" ἔφη ὁ Χότζας.

ὁ δὲ εἶπε· "τό γ' ἀγγεῖον ἀπόδος δή μοι."

"φεῦ σοῦ[91]," ἔφη ὁ Χότζας, "τέθνηκε."

ὁ δὲ εἶπεν· "ἆρα δύναται, ὦ Χότζα, τὰ ἀγγεῖα ἀποθανεῖν;"

"εἰ νομίζεις," ἔφη ὁ Χότζα, "τὰ ἀγγεῖα τεκεῖν δύνασθαι, διὰ τί οὐ νομίζεις τὰ ἀγγεῖα ἀποθανεῖν δύνασθαι;"

---

[91] **φεῦ σοῦ** - poor you!

49

κγ'. Χότζας λαμβάνων ἄλευρα[92]

τὸν Χότζα ποτὲ ἐν μυλῶνι[93] λαμβάνοντά τε ἐκ θυλάκων[94] ἄλευρα καὶ τιθέντα εἰς τὸν ἑαυτοῦ ἰδών τις μυλωθρός[95], "τί δὴ ποιεῖς γε;" ἔφη.

ὁ δὲ εἶπε· "μῶρός εἰμι. ὅ τι γάρ μοι εἰσέρχεται[96] ποιῶ."

"διὰ τί δή," ἔφη ὁ μυλωθρὸς, "ἐκ τοῦ σοῦ γε θυλάκου λαμβάνων οὐκ τίθης ἄλευρα εἰς τοὺς ἄλλους;"

---

[92] **ἄλευρα** - flour
[93] **μυλῶνι** - mill
[94] **θυλάκων** - sacks
[95] **μυλωθρός** - miller
[96] **μοι εἰσέρχεται** - comes to my mind

"ὅτι μῶρός τοί εἰμι." ἔφη ὁ Χότζας,

"οὕτω γὰρ ποιῶν, μωρότατός γ' ἂν ἦν."

κδ'. Χότζας ὀσμὴν[97] πριάμενος[98]

ὀσφραινομένῳ[99] ποτέ τινι σίτου ἐν καπηλείῳ[100] κάπηλος[101] εἶπε· "τί δὴ ποιεῖς; λαμβάνεις γε σῖτον."

ὁ δὲ εἶπεν· "οὐ λαμβάνω, ἀλλ᾽ ὀσφραίνομαι."

ὁ δὲ εἶπε· "δεῖ σε ὀσμὴν πρίασθαι."

ἀγαγὼν δὲ ἐκεῖνον πρὸς τὸν δικαστὴν τὸν Νασρεδδὶν Χότζα ὁ κάπηλος εἶπεν· "οὗτός γ᾽ ἐλάμβανε σῖτον."

[97] **ὀσμήν** - smell
[98] **πριάμενος** - having bought
[99] **ὀσφραινομένῳ** - (while) smelling
[100] **καπηλείῳ** - shop
[101] **κάπηλος** - shopkeeper

ὁ δὲ εἶπε εἶπε πρὸς τὸν δικαστήν·
"οὐκ ἐλάμβανον, ἀλλ' ὠσφραινόμην. οὗτος
δὲ δὴ ὀσμὴν ἐκέλευσέ με πρίασθαι."

ὁ δὲ Χότζας εἶπε πρὸς τὸν κάπηλον·
"ἆρα τήν γ' ὀσμὴν ἐκέλευσας αὐτὸν
πρίασθαι;"

"τήν γ' ὀσμήν," ἔφη ὁ κάπηλος,
"τοῦτον δὴ δεῖ πρίασθαι."

"ἔγωγε ὠνήσομαι[102] τὴν ὀσμήν," ἔφη
ὁ Χότζας, "ψόφῳ γε νομισμάτων[103]
ὠνήσομαι τὴν ὀσμήν."

---

[102] **ὠνήσομαι** - will buy
[103] **ψόφῳ γε νομισμάτων** - with *the sound* of coins

ψοφήσας οὖν νομίσματα[104] ὁ Χότζας πριάμενος τὴν ὀσμὴν ἐκέλευσεν ἀπελθεῖν τόν τε κάπηλον καὶ τὸν ὀσφρόμενον.

---

[104] **ψοφήσας νομίσματα** - having rattled some coins

κε'. Χότζας σελήνην σῴζων

νυκτός ποτε Χότζας ἐλθὼν πρὸς φρέαρ[105], ἐν ᾧ οὐ μόνον ὕδωρ εἶδεν ἀλλὰ καὶ δὴ τὴν σελήνην, εἶπε· "σώσω γέ σε, ὦ Σελήνη."

καθεὶς δὲ ἀγγεῖον[106] ἀνιμῶν[107] ὕπτιος ἀνέπεσεν[108].

ἐξαίφνης[109] δὲ ἐν τῷ γε οὐρανῷ τὴν σελήνην ἰδὼν, "σέσωκα δή σε, ὦ Σελήνη," ἔφη.

---

[105] **φρέαρ** - a well
[106] **καθεὶς ἀγγεῖον** - having lowered a bucket
[107] **ἀνιμῶν** - (while) pulling
[108] **ὕπτιος ἀνέπεσεν** - fell on his back
[109] **ἐξαίφνης** - suddenly

κς'. Χότζας καὶ ποταμός

Χότζας ποτὲ ἐπὶ ποταμῷ ἀπενίπτετο[110] τοὺς πόδας εὐξόμενος.

ἐξαίφνης[111] δὲ τοῦ ποταμοῦ ὑπόδημα[112] λαβόντος, ὁ Χότζας ἐπιστραφεὶς[113] καὶ ἀποπαρδὼν[114] εἶπε πρὸς τὸν ποταμόν· "τὴν μὲν ἀπόλουσιν[115] ἀπέδωκά σοι, ὦ ποταμέ, τὸ δ' ὑπόδημα ἀπόδος δή μοι."

---

[110] **ἀπενίπτετο** - was washing
[111] **ἐξαίφνης** - suddenly
[112] **ὑπόδημα** - shoe
[113] **ἐπιστραφεὶς** - having turned around
[114] **ἀποπαρδὼν** - having farted
[115] **ἀπόλουσιν** - ablution (wudu), the practice of washing before prayer; farting invalidates one's wudu, thus requiring one to perform wudu again to pray.

κζ'. Χότζας περὶ οἴκου τοῦ Ἀλλάχ

τῷ Χότζα ποτέ τις προσελθὼν εἶπεν· "ὁ Ἀλλὰχ εἶπε πρὸς ἐμέ, 'ἐνθάδε εὖ δειπνήσεις[116].'"

δακτύλῳ[117] δὲ δεικνὺς εἰς τέμενος[118] "φεῦ σοῦ[119]," ἔφη ὁ Χότζας, "ἐκεῖ γέ τοί ἐστιν ὁ οἶκος τοῦ Ἀλλάχ."

---

[116] **δειπνήσεις** - you will dine
[117] **δακτύλῳ** - with his finger
[118] **τέμενος** - mosque
[119] **φεῦ σοῦ** - poor you!

κη΄. Χότζας ᾠὰ[120] ἐσθίων

Χότζας ποτὲ καθήμενος ἐπὶ θρόνου[121] καὶ ᾠὰ ἐσθίων ἐρωτηθείς· "διὰ τί δή, ὦ Χότζα, οὕτως ᾠὰ ἐσθίεις καθήμενος ἐπὶ θρόνου;" ἔφη, "ἆρ' ἐσθίω θρόνον καθήμενος ἐπ' ᾠῶν;"

μώρως οὖν ἀποκριτέον πρὸς τὰ μῶρα ἐρωτήματα[122].

---

[120] ᾠά - eggs
[121] θρόνου - chair
[122] ἐρωτήματα - questions

κθ'. Χότζας ἐξαπατῶν

τῷ Χότζα ποτὲ δόξαν ἀπάτης[123] ἔχοντι προσελθών τις εἰς Ἀκσεχὶρ εἶπεν· "ἆρ' οἶσθα ὅπου ὁ Νασρεδδὶν Χότζας Ἀφέντης ἐστίν;"

ὁ δὲ εἶπεν· "ἐγώ εἰμι Νασρεδδὶν Χότζας."

ὁ δὲ εἶπε· "σὺ μὲν ἔχεις δόξαν ἀπάτης, ἐμὲ δ' ἐξαπατῆσαι οὐ δύνασαι."

"ἐξαπατῆσαί σε οἶδα." ἔφη ὁ Χότζας, "μένε δὴ ἐνθάδε. αὐτίκα γὰρ ἐπανεῖμι[124]."

---

[123] **δόξαν ἀπάτης** - a reputation for trickery
[124] **ἐπανεῖμι** - I will come back

ὁ δὲ εἶπε· "μενῶ μὲν ἐνθάδε, οὐ δύνασαι δ᾽ ἐμὲ ἐξαπατῆσαι."

οὗτος μὲν οὖν ἔμενεν, ὁ δὲ δόξαν ἀπάτης ἔχων Χότζας ἐξαπατήσας οὐκ ἐπανῆλθεν.

λ'. Χότζας καὶ φιλόσοφος

τῷ Χότζα ποτὲ εἰς Ἀκσεχὶρ προσελθών τις φιλόσοφος δόξαν σοφίας ἔχων εἶπε· "βούλει πρὸς ἑκατὸν δὴ ἐρωτήματα[125] ῥᾴδια ἢ μόνον χαλεπὸν ἀποκρίνασθαι;"

ὁ δὲ εἶπε· "πρός γε μόνον χαλεπὸν ἀποκρίνασθαι βούλομαι."

ὁ δὲ εἶπε· "πότερον ἡ ὄρνις[126] πρότερον ἢ τὸ ᾠὸν[127] ἐγένετο;"

ὁ δὲ Χότζας ἀπεκρίνατο· "ἥ γ' ὄρνις."

---

[125] **ἐρωτήματα** - questions
[126] **ὄρνις** - chicken
[127] **ᾠόν** - egg

61

ὁ δὲ εἶπε· "πῶς οἶσθα;"

"πάλιν μὲν ἠρώτησάς με," ἔφη ὁ Χότζας, "πρὸς δὲ μόνον ἐρώτημα ἤδη ἀπεκρινάμην."

Λέξεις

A

ἅ - what

ἀγαγών - having brought, after bringing

ἀγγεῖα - cooking pots

ἀγγεῖον, ἀγγείου - cooking pot; bucket

ἄγειν - to lead

ἀγοράν - marketplace

ἄγων - (while) leading

ἀεί - always

αἱ - the

ἀκούοντες - *see* **οἱ**

ἀκοῦσαι - to hear

ἀκούσας, ἀκούσασα - having heard, after hearing

Ἄκσεχίρ - Akşehir, ancient Philomelium, today a city in Turkey famous for where Nasreddin Hoca supposedly spent most of his life and where he is buried

ἄλευρα - flour

ἀλλά, ἀλλ' - but

ἄλλαις - other

Ἀλλάχ - Allah, the name of God in Islam

ἀλλήλους - each other

ἄλλο - another

ἄλλοι - other; some...others...

   ἄλλοι παριόντες - other passersby

   ἄλλοι μὲν εἴπωμεν, 'εὖ ἴσμεν,' ἄλλοι δέ, 'οὐκ ἴσμεν. - Let *some of us* say, "We know it well," let *others of us* (say), "We don't know."

ἄλλος, ἄλλου - another

ἄλλους - others

ἀμφότεραι, ἀμφότεροι - both

ἀμφοτέρως - in either case

ἄν - would

   οὐκ ἄν ἔβλεπον εἰς ὑμᾶς - I *would* not be looking at you

ἀναγιγνώσκειν - to read

ἀναγιγνώσκονται - (they) are read

ἀναγνώσεως - of reading

ἀναίτιον - innocent

ἀνέγνω - (it) read

ἀνελίττων - (while) unrolling (*i.e. turning the pages*)

ἀνέπεσεν - (he) fell back

ἀνθρώπων - people, humans

ἀνιμῶν - (while) pulling up

ἀντίος - facing

ἄξιοι - worthy

ἀπάτης - for trickery

ἀπέδωκα - I gave back, returned

65

ἀπέδωκεν - (he) gave back, returned

ἀπέθανον - I died

ἀπεκρινάμην - I answered

ἀπεκρίνατο - (he) answered

ἀπελθεῖν - to leave

ἀπενίπτετο - (he) was washing

ἄπεστιν - is gone

ἀπῆλθεν - (he) left

ἀπό - from

ἀποδιδόμενος - selling

ἀποδίδοσθαι - to sell

ἀποδιδῶται - should sell

ἀποδοθέντος - (having been) given back, returned

ἀπόδος - give back!, return!

ἀποδωσόμενοι - (in order) to sell

ἀποθανεῖν - to die

ἀπόλουσιν - (the act of) bathing, ablution

ἀποκρίνασθαι - to answer

ἀποκριτέον - one must answer

ἀποπαρδόντι, ἀποπαρδών - having farted, after farting

ἀποπέσοιμεν - we were to fall overboard

ἀπούσης - (while being) away

ἆρα, ἆρ' - *(indicates a yes or no question)*

ἀριθμῶν - counting

ἀρχῇ - empire

ἄστρα, ἄστρων - stars

αὐτῆς - her

αὐτίκα - immediately

αὐτοῖς - them

αὐτόν - him, it

    ὁ Χότζας πρὸς αὐτὸν εἶπε - Hoca said to *him*.

    σύ μοι ἔδωκας αὐτόν - you gave *it* to me

αὐτός - he himself

αὐτοῦ - him

αὐτούς - them

αὐτῷ - for him, to it

    χαλεπὸν δὲ αὐτῷ πάντας ἄγειν τοὺς ὄνους. - But it was difficult *for him* to lead all the donkeys.

    δώσεις αὐτῷ τροφήν - you will give feed *to it* (*i.e. the donkey*)

Ἀφέντη, Ἀφέντης - Efendi, meaning 'sir' in Turkish, used as a title for Nasreddin Hoca

Β

βαδίζει - is walking

βαδίζειν - to walk

βαδίζετε - you (*plural*) are walking

βαδίζοντος - walking

βαδίζωμεν - let's walk!

βαθύτατα - the deepest, very deep

βασιλέα - king

βέβλαμμαι - I have been injured

βῆμα - pulpit

βιβλίον - book

βλέπων - (while) looking

βόος - of (the) cow

βούλει - you want

67

βούλομαι - I want, I would rather

βουλόμενος - wanting

βοῦν, βοῦς - cow

Γ

γάρ - as, because *(never the first word in a sentence)*; *see* **εἰ γάρ**

γε, γ' - *(emphasizes the preceding word, like italics in English)*

> **διὰ τί δὴ ἀντίος γ' ἡμῖν καθήμενος ὀχῇ;** - Why in the world are you riding while sitting *facing* us?!

γέγονασιν - (they) have become

γεγραμμένοι εἰσίν - (they) have been written

γείτονες - neighbors

γείτονος - neighbor

γειτόνων - of (his) neighbors

γείτων - neighbor

γελᾷς - you laugh

γελᾶν - to laugh

γελάσας - having laughed, after laughing

γελῶν - (while) laughing

γέλωτα - laughter

γλώττῃ - with its tongue

γνωριζόντων - let (them) inform

> **γνωριζόντων δὴ οὖν ἃ ἐρῶ τήμερον οἱ εἰδότες τοῖς οὐκ εἰδόσιν.** - Now then *let* those who know *inform* those who do not know what I am going to say today.

γυναῖκα - wife

γυναῖκας, γυναῖκες - wives

γυναικός - wife

γυναικῶν - wives

γυνή - wife

Δ

δακτύλιον, δακτύλιος - ring

δάκτυλον - finger

δακτύλῳ - with (his) finger

δέ, δ' - and, but, on the other hand *(never the first word in a sentence)*

δεῖ - it is necessary

δεικνύς - having pointed, after pointing

δεινοί, δεινός - extraordinary

δειπνήσεις - you will dine, you will eat dinner

δέκα - ten

δή - actually, now, quite *(emphasizes the previous word)*

    σίγα δή - *Now* shut up!

    διὰ τί δή - Why *in the world*?

    ἴσως δή - *quite* possibly

διὰ τί - why

διαλεγόμενος - (while) talking

διαφέρουσι, διαφέρουσιν - (they) surpass, do better than

    τῶν γὰρ ἀνθρώπων πᾶσιν οἱ ἰχθύες διαφέρουσιν. - Because fish *surpass* humans in

(continued from the previous page)
    everything *(i.e. fish do everything better than humans)*.
δίδαξον - teach!
διδαχθῆναι - to be taught
διδάσκων - teaching
δικαστήν, δικαστής, δικαστοῦ - a judge
δοκιμάζεται - gets approval, is approved
δόξαν - reputation
δός - give!
δοῦναι - to give
δύνανται - (they) can, are able
δύνασαι - you can, you are able
δύνασθαι - can, to be able
δύναται - (it) can, is able
δύο - two
δώσεις - you will give
δώσω - I will give

Ε

ἐάν - if ever
ἑαυτοῦ - of his own
        τὸν ἑαυτοῦ - his own
ἐβαδίζετε - you *(plural)* were walking
ἐβάδιζον - (they) were walking
ἔβλαψεν - (it) injured
ἐβλέπετε - you *(plural)* would be looking
ἐβλέπομεν - we would be looking

ἔβλεπον - I would be looking

ἐβούλετο - (he) was wanting

ἐβουλόμην - I was wanting

ἐγέλασας - you laughed

ἐγέλασε - (he) laughed

ἐγένετο - (it) was born

ἐγώ - I

     ἔγωγε - I (am the one who)

ἐδίδασκε - (he) taught

ἔδωκα - I gave

ἔδωκας - you gave

ἔθηκεν - (he) put

εἰ - if; *see* **εἰ γάρ**

εἰ γάρ - if only

εἶδεν - (he) saw

εἰδόσιν - *see* **τοῖς**

εἰδότες - *see* **οἱ**

εἰδώς - knowing

εἰμί - I am

εἶναι - to be

εἶπε - (he) said

εἰπεῖν - to speak

εἶπεν - (he) said

εἴπῃ - *see* **παίζων εἴπῃ**

εἴπῃς - you say

εἶπον - (they) said

εἰπόντος - *see* **παίζοντος εἰπόντος**

εἴπω - I say

εἴπωμεν - let's say!

71

εἰπών - having spoken, after speaking

εἰς - at, into

> **οὐκ ἂν ἔβλεπον εἰς ὑμᾶς** - I would not be looking *at* you
>
> **εἰς καπηλεῖον** - *into* the coffeehouse

εἷς - one

εἰσελθόντος, εἰσελθών - having entered, after entering

εἰσέρχεται - enters

εἰσῆλθεν - (he) entered

εἰσί, εἰσίν - (they) are

ἐκ - from, out of

ἐκαθέζετο - (he) sat down

ἐκάλεσεν - (he) called out to

ἑκατόν - one hundred

ἐκεῖ - there

ἐκεῖνον, ἐκεῖνος - he, that man; the former

> **ἐπεὶ δὲ ἐκεῖνος ἐκάλεσεν ὠνητάς, ἐφθέγξατο δὴ οὗτος.** - When *the former* (*i.e. Hoca*) called out to customers, then the latter (*i.e. the donkey*) made noise.

ἐκέλευσας - you ordered

ἐκέλευσε, ἐκέλευσεν - (he) ordered

ἔλαβε - (he) took

ἐλάμβανε - (he) was taking

ἐλάμβανον - I was taking

ἐλθοῦσα, ἐλθών - having come, after coming

ἐμέ - me

ἔμενεν - (he) was waiting

ἐμοί - to me

ἐμός - my

ἐμοῦ - my; me

    μετ' ἐμοῦ - with *me*

    ὁ πατὴρ τοῦ ἐμοῦ παιδός - the father of *my* child

ἔμπροσθεν - in front

ἐν - in

ἕνα - one

ἐνθάδε - here

ἐννέα - nine

ἐξ - from, out of

ἕξ - six

ἐξαίφνης - suddenly

ἐξαπατῆσαι - to trick

ἐξαπατήσας - having tricked, after tricking

ἐξαπατῶν - tricking

ἐξενεγκεῖν - to carry out *(i.e. for burial)*

ἐξενεχθῆναι - to be carried out *(i.e. for burial)*

ἐξέστραπται - (they) have been turned inside out

ἐπανεῖμι - I will come back

ἐπανελθών - having come back, after coming back

ἐπανῆλθεν - (he) came back

ἐπέβη - (he) climbed up on

ἐπεί - when, since

ἐπειδάν - whenever

ἐπί, ἐπ' - on, in, onto; next to; to

    ἐπὶ ὄνου ὠχεῖτο - he was riding *on* a donkey

    ἐπὶ τέμενος - to the mosque

    ἐπίβηθι δὴ ἐπὶ τὸν ὄνον - Now climb up *onto* the donkey

(continued from the previous page)

ἐπὶ ποταμῷ - *next to* a river

ἐπιβάς - having climbed up on, after climbing up on

ἐπιβάται - riders

ἐπίβηθι - climb up!

ἐπιβήσομαι - I will climb up on

ἐπιστραφείς - having turned around, after turning around

ἐποίησα - I did

ἐποίησας - you did

ἐποίησε - (it) did; made, caused

    κακῶς ἐποίησε - did something bad (to)

    ὅπερ γὰρ παίζων εἶπεν οὐκ ἐποίησε γέλωτα - Because the very thing that he said as a joke did not *cause* laughter

ἐπρίατο - (he) bought

ἑπτά - seven

ἐρεῖ - (they) will say

ἔρρωσο - goodbye

ἐρῶ - I will say

ἐρωτηθείς - having been asked, after being asked

ἐρώτημα - question

ἐρωτήματα - questions

ἐσθίεις - you are eating

ἐσθίω - should I be eating

ἐσθίων - eating

ἐστέ - you *(plural)* are

74

ἐστί, ἐστίν - is, (they) are; is possible

> **οὐκ ἔστιν ὅπως ἀμφότεροι ὀρθῶς λέγουσιν.** - *It is* not *possible* that both are right.

ἔσωσας - you saved

ἔτεκε - (it) gave birth

ἑτέρα - one *(of two)*

ἕτερον, ἕτερος - the other

ἔτι - still

εὖ - well

εὐξόμενος - (in order) to pray

εὕροι - may (he) find

ἔφασαν - (they) said

ἔφη - (he, she) said

ἐφθέγγετο - (it) was making noise

ἐφθέγξατο - (it) made noise

ἐφοβεῖτο - (he) was afraid

ἔχεις - you have

ἔχοντες, ἔχοντι - (while) having

ἐχρήσατο - (he) borrowed

ἔχων - (while) having

Η

ἡ - the; she

> **ἡ δέ** - and *she (i.e. someone else, indicates a change of speaker)*

ἤ - or, than

ἦγε, ἦγεν - (he) was leading

ἡγέμων - leader

ἤδη - already
ᾔδει - (it) knew how
ἤκουσας - you heard
ἦλθεν - (he) went
ἦλθον - (they) went
ἥλιος, ἡλίου - sun
ἡμεῖς - we
ἡμέρᾳ - on the day
ἡμέραις - days
ἡμέτερα - our
ἡμῖν - us
ἡμῶν - of us
ἦν - (he, I) was, (he, I) would be
ἠρίθμησεν - (he) counted
ἠρώτησας - you asked
ἤσθιεν - (it) was eating

Θ

θαυμάζοντος - amazed
θείς - having put, after putting
θεραπείας - of worship
θρόνον, θρόνου - chair
θυλάκου - sack
θυλάκων - sacks

Ι

ἰδόντες, ἰδοῦσα, ἰδών - having seen, after seeing

Ἰκόνιον - Iconium, today Konya in Turkey, a city famous for the tomb of the twelfth-century poet and mystic Rumi and as the birthplace of the Mevlevi Order of Sufi Islam, famous for its whirling dervishes

ἰμάμης - imam

ἱμάτια - clothes

ἴσμεν - we know

ἴστε - you *(plural)* know

ἴσως - maybe; equally

ἰχθύες, ἰχθύων - fish

Κ

καδῆς - qadi (Turkish: *kadı*), a judge of Islamic law

καθέζεσθαι - to sit down

καθέζομενος - having sat down, after sitting down

καθείς - having lowered, after lowering

καθεύδοντα - sleeping

καθήμενος - (while) sitting

καθήσῃ - you will sit

καθῆσθαι - to be sitting

καθῶμαι - I am sitting

καί - and *(see also* **τε...καί...**)*, also

κακῶς - *see* **ἐποίησε**

καλοῖ - (he) would call out to

καπηλεῖον, καπηλείῳ - coffehouse

κάπηλον, κάπηλος - shopkeeper

καταβάς - having climbed down, after climbing down

κατάβηθι - climb down!

καταβῶμεν - let's climb down!

κατακείμενος - lying down

κατατετμημέναι εἰσιν - they have been cut up into

κατέκειτο - (he) lay down

κέκρυπται - (it) has been covered up

κέλευσον - order!

κεράτοιν - horns

κλέπτην, κλέπτης, κλέπτου - thief

κρυψαμένῳ - having covered up, after covering up

Λ

λαβόντος - having taken, after taking

λαμβάνεις - you are taking

λαμβάνοντα - (while) taking

λαμβάνω - I am taking

λαμβάνων - taking

λέγειν - to speak

λέγεις - you say

> **ὀρθῶς γε λέγεις.** - You are right (*i.e. what you say is right*).

λέγετε - you (*plural*) say

λέγουσιν - they say

λέγων - saying, speaking

λήψομαι - I could take

Μ

μᾶλλον - more

μέ - me

μέγεθος - *see* **τοσοῦτοι τὸ μέγεθος**

μέλανα - black

μεμνήσῃ - you will remember

μεμνήσομαι - I will remember

μέν - on the one hand

μένε - wait!

μενῶ - I will wait

μέσοιν, μέσῳ - between

μετ' - with

μεταχωρήσων - about to move away

μή - not

μιναρέδες, μιναρέδων - minarets

μοί - to me

μόνον - only, only one

μουσουλμανικός - Muslim

μουσουλμανικοῦ νόμου - of Islamic law

μῦθοι - stories

μυλωθρός - miller

μυλῶνα, μυλῶνι - mill

μῶρα, μῶρε, μῶροι, μῶρος - stupid

μωρότατος - very stupid

μώρως - stupidly

N

Νασρεδδίν - Nasreddin (Hoca's name)

νέαν - new

νεῖν - to swim

79

νηός - ship
νομίζεις - you believe
νομίζετε - you *(plural)* believe
νομίσματα - coins
νομισμάτων - of coins
νόμου - *see* **μουσουλμανικοῦ νόμου**
νυκτός - at night

Ξ

ξύλα - wood

Ο

ὁ - the *(left untranslated with names)*; he
    ὁ δέ - and *he (i.e. someone else, indicates a change of speaker)*
ὅ - which; *see* **ὅ τι**
οἱ - the; they
    οἱ ἀκούοντες - those listening
    οἱ δέ - and *they (i.e. someone else, indicates a change of speaker)*
    οἱ εἰδότες - those who know
οἵ - which
οἶδα - I know how
οἴκαδε - (to) home
οἰκοδομήθησαν - (they) were built
οἶκον, οἶκος, οἴκου - house
οἶσθα - you know

ὀκτώ - eight

ὄνοις - for donkeys

ὄνον, ὄνος - donkey

ὄνου - of the donkey

ὄνους - donkeys

ὄντος - (while) being

ὄνῳ - donkey

ὀξωτούς - *see* **σικύους ὀξωτούς**

ὅπερ - the very thing which

ὄπισθε, ὄπισθεν - (from) behind

ὅπου - where

ὅπως - that

ὀρθῶς - right

ὄρνις - chicken

ὅς - who

ὀσμήν - smell

ὀσφραίνομαι - I am smelling

ὀσφραινομένῳ - (while) smelling

ὀσφρόμενον - *see* **τόν**

ὅτι - because; that

> **ὅτι, εἰ μὲν μὴ καθήμενος ἀντίος ὑμῖν ὠχούμην** - *Because* if, on the one hand, I were riding and not seated facing you

> **μεμνήσομαι βλέπων πρὸς τὸν δάκτυλον ὅτι σύ μοι ἔδωκας αὐτόν** - I will remember while looking at the ring *that* you gave it to me

ὅ τι - whatever

οὐ - not

οὖ - whom

81

οὐδέ - not even

οὐδείς - nobody

οὐδέν - nothing

> **Χότζας οὐ λέγων οὐδέν** - Hoca saying nothing

οὐκ - not

οὖν - then, therefore

οὐρανῷ - sky

οὗτος - this, this one; the latter

> **οὗτος ἤδη ᾔδει σικύους ἀποδίδοσθαι** - *this one* already knew how to sell pickles
>
> **οὗτος ὁ τρόπος ἀναγνώσεως** - *this* way of reading
>
> **ἐπεὶ δὲ ἐκεῖνος ἐκάλεσεν ὠνητάς, ἐφθέγξατο δὴ οὗτος.** - When the former (*i.e. Hoca*) called out to customers, then *the latter* (*i.e. the donkey*) made noise.

οὕτω, οὕτως - so, in this way

ὀχεῖται - (he) is riding

ὀχῇ - you are riding

ὀχοῦμαι - I am riding

ὀχούμενος, ὀχουμένου - riding

ὀχοῦνται - (they) are riding

Π

παῖ - *see* **ὦ παῖ**

παιδός - (of the) child

παίζοντος εἰπόντος - having told a joke, after telling a joke

82

παίζων εἶπεν - (he) said as a joke

παίζων εἴπῃ - tells a joke

πάλιν - again, a second time

> **πάλιν μὲν ἠρώτησάς με** - You asked me *a second time* (i.e. a second question)

πάντα - everything, all

> **ποῦ δὴ πάντα τὰ ἡμέτερά ἐστιν;** - Where in the world are *all* our things?

πάντας - all

παρά, παρ' - from

> **εὕροι ὁ κλέπτης τι ὃ παρ' αὐτοῦ λήψομαι.** - May the thief find something that I could take *from* him.

παρίοιεν - they would pass by

παριόντες - passersby

πᾶσιν - in everything

πατήρ, πατρός - father

πέντε - five

περί - about

πεφοβημένος - terrified

πόδας - feet

ποίει - do!

ποιεῖ - makes, causes

ποιεῖς - you do

ποιῆσαι - to do

ποιῶ - I do

ποιῶν - doing

πολλοί - many

πορδῆς - a fart

ποταμέ, ποταμός, ποταμοῦ, ποταμῷ - river

ποτέ - once

ποτέραν, πότερον, πότερος - which *(of two)*

ποῦ - where

πριάμενος - having bought, after buying

πρίασθαι - to buy

πρός - to, towards

προσελθών - having arrived, after arriving

προσῆλθον - (they) went to

πρότεραι - former

προτέρα, προτέραν, πρότερον, πρότερος - before, first

    ἐὰν μὲν ἔγωγε πρότερος εἴπω τι - If, on the one hand, I am the one who *first* speaks in any way

    ἤδη καὶ πρότερον - already (and) *before*

πῶς - how

Ρ

ῥᾴδια - easy

ῥιγῶ - I feel cold

Σ

σέ - you

σελῆναι - moons

σελήνη, σελήνην, σελήνης - moon

σελίδων - of the pages

Σελτζούκων - of the Seljuks (a medieval Turkic dynasty)

σέσωκα - I have saved

σίγα - shut up!

σικύους ὀξωτούς - pickles

σῖτον, σίτου - food

σοί - to you

σοῦ - you; your

  φεῦ σοῦ - poor you!

  ἐκ τοῦ σοῦ γε θυλάκου - from *your* sack

σοφίας - for wisdom

σύ - you

συλλογῆς - of gathering

σφώ - both of you

σῴζων - saving

σώσαις - you would save

σώσω - I will save

T

τά - the; *see* **πάντα**

τάδε - these (things), the following

Ταμερλάνος, Ταμερλάνον, Ταμερλάνῳ -
Tamerlane/Timur, the Turco-Mongol emperor (1336-1405)

ταῦτα - these (things)

τε...καί... - both...and…

τέθνηκα - I am dead

τέθνηκας - you are dead

τέθνηκε, τέθνηκεν - is dead

τεθνεώς - dead

τεκεῖν - to give birth

τεμένει, τέμενος - mosque

τέμνων - (while) chopping

τέτταρες - four

Τζουμά - Jumu'ah (Turkish: *Cuma*), the name for Friday in the Islamic calendar, the day when Muslims gather for congregational prayer

τῇ - with the

τήμερον - today

τήν - the

τῆς - of the

    τῆς δὲ γυναικὸς ἀπούσης - While his wife is away

τί - what; *see* **διὰ τί**

τι - something, in any way

τιθέντα - (while) putting

τίθης - you put

τινές - some

τινί - to a certain

τινός - a certain

τίς - who

τις - someone; a certain

    "ὦ μῶρε," ἔφη τις - "You idiot!," *someone* said

    γείτων τις κακῶς ἐποίησέ με. - *A certain* neighbor did something bad to me.

τό - the; *see* **τοσοῦτοι τὸ μέγεθος**

τοι - you see *(indicates that the speaker wants to persuade or remind others that what the speaker says is true)*

τοῖν - of the

τοῖς - for (the), to (the)

    οὕτως τοῖς γ' ὄνοις - So *for* donkeys

86

(continued from the previous page)

τοῖς οὐκ εἰδόσιν - to those who do not know

τόν - the *(left untranslated with names)*

τὸν Χότζα...ἰδών - having seen *Hoca*

τὸν ὀσφρόμενον - the man who smelled (the food)

τοσοῦτοι τὸ μέγεθος - so tall

τοῦ - of the, of *(with names)*; *see* **φεῦ**

εἰς τοῦ Χότζα - to *Hoca's* (house)

Τουρκίᾳ - Turkey

Τουρκιστί - in Turkish

τούς - the

τοῦτ᾽ ἔστι, τοῦτ᾽ ἔστιν - that is

τοῦτον - this (man)

τήν γ᾽ ὀσμήν τοῦτον δὴ δεῖ πρίασθαι. - *This* now must pay for the smell.

τρεῖς - three

τρόπος - way

τροφήν - feed *(i.e. donkey food)*

τῷ - for the, to the; for, to *(with names)*

τῷ Χότζα ποτέ τις φίλος μεταχωρήσων εἶπε - A friend who was about to move away once said *to Hoca*

δοῦναι τῷ ὄνῳ τροφὴν οὐ βουλόμενος - not wanting to give feed *to the* donkey

τῶν - of the

87

Υ

ὕδωρ - water
υἱόν, υἱός, υἱοῦ - son
ὕλῃ, ὕλην - forest
ὑμᾶς, ὑμεῖς - you *(plural)*
ὑμῖν - to you *(plural)*
ὑπό - by
ὑπόδημα - shoe
ὑποδήματος - of a shoe
ὕπτιος - on (his) back
ὕστερον - later
ὕφυδρος - underwater

Φ

φεῦ - poor!
      φεῦ τοῦ πατρός - the poor father!
φιλεῖς - you love
φίλοι - friends
φίλοις - to friends
φίλος - friend
φιλόσοφος - philosopher
φίλου - of a friend
φίλους - friends
φιλῶ - I love
φίλῳ - to a friend
φίλων - friends
φορεῖς - you are wearing
φορῶν - wearing

88

φρέαρ - a well
φρέατα - wells
φῶς - light

Χ

χαλεπόν - difficult
χειμῶνος - during the winter
Χότζας, Χότζα - Hoca
χρησάμενος - having borrowed, after borrowing
χρησιμωτέρα, χρησιμώτερον, χρησιμώτερος - more useful
χώραις - countries

Ψ

ψόφον - sound
ψόφῳ - with the sound
ψοφήσας - having rattled, after rattling

Ω

ὦ - *(indicates that someone is being addressed)*
        ὦ παῖ - my child
ᾧ - which, with which
        ᾧ μεμνήσομαι - *with which* I will remember
        ἐν ᾧ - in *which*
ᾠά - eggs
ᾠόν - egg
ᾠῶν - eggs

ὤν - (while) being

ὠνήσομαι - I will buy

ὠνητάς - customers

ὠνητοῦ - of a customer

ὡς - that; look how!

> **Λέγουσιν ὡς Νασρεδδὶν Χότζας Ἀφέντης ἦν ἰμάμης ἢ κάδης** - They say *that* Nasreddin Hoca Efendi was an imam or a qadi
>
> **ὡς δεινὸς οὗτος ὁ τρόπος ἀναγνώσεως.** - *Look how* extraordinary this way of reading is!

ὥσπερ - as if

ὥστε - that

ὠσφραινόμην - I was smelling

ὠχεῖτο - (he) was riding

ὠχούμην - I were riding